W0461065

tant qu'il reste
quelque chose à détruire

collection envers

Ouvrage publié avec le soutien de la Région
Occitanie Pyrénées-Méditerranée.

© blast, Toulouse, 2022.
Illustration de couverture : Mag Lévêque, *homo homini lupus, homo femini lupus*, 2021.

Mag Lévêque

tant qu'il reste quelque chose à détruire

blast

Fuir le pardon
Haïr la peur
Mourir la honte

Luz Volckmann, *Aller la rivière*

quand je vois le nombre de femmes qu'ils
tuent, je me dis
quelle chance j'ai
d'avoir été violée par un mec bien.

AU VOLEUR

j'ai avalé ton fantôme depuis longtemps,
aussi longtemps que ton sperme dans ma bouche

ton fantôme me grignote à reculons
il grandit dans ma peau
me creuse à la cuillère à glace

autant m'arracher les organes
faire place nette
DÉCOUPEZ EN SUIVANT LES POINTILLÉS

je suis
vidée de ma substance

— je ne savais pas que j'avais une substance —

volée du dedans

maintenant que je suis vide je peux crier

LE FANTÔME

ton fantôme me paralyse

mes tripes en chaise roulante
mon fossile de gorge,
des années sur un lit d'hôpital
des pierres dans ma bouche

le pardon passé au gaz incapacitant

je vomis ton fantôme une nuit entière à genoux

mes muscles se déforment :
je n'ai plus le choix
ni la force
de tomber

j'ai peur de trouver ton fantôme dans mon
lit

il vient
quand je suis seule à veiller sur moi-même

il ne m'étrangle pas,
sinon ça serait supportable.

parfois,
je me réveille enfermée dans une cage de
verre
mais personne ne la voit.

ton fantôme est si gros qu'il déborde de moi
il habite mon espace
autour

le chemin qui mène à la mare aux canards / la salle de jeux / la mer / l'autoroute / les champs derrière la maison / la place triangulaire / ma chambre d'enfant / le château / le port / les plages / les bateaux / les flammes des bougies / mon lit d'enfant / le trou dans mon nombril / les forêts / les différentes espèces d'oiseaux / les rêves / le pouce levé / les colonies de vacances / les cartes de randonnées / la gare / les clochettes de cuivre / les coquillages et toutes les sortes de graines / les nœuds / mes lettres / l'odeur du savon d'Alep / celle de la transpiration / six ans de ma vie
LISTE NON-EXHAUSTIVE

ont été réquisitionné·es

je suis une zone occupée.

LE CHAMP DE MINES EN MOI
EXPLOSE AU RALENTI

ÉTAT DE SIÈGE

ici, tout est radioactif.

même avec une combinaison spéciale tu ne survivras
pas
tu seras rongée lentement
tu mourras sans même t'en rendre compte
tes cellules s'autodétruiront et se multiplieront
ta matière va se désorganiser
tes organes vont dysfonctionner
tu ne t'appartiendras plus.

ça s'appelle
le stress post-traumatique

angoisse
paranoïa
anarchie
dépression nerveuse
hallucinations trouble du sommeil
trouble du comportement alimentaire
trouble de la confiance en soi
trouble de la confiance en tout ce qui te
ressemble de près ou de loin

je suis abandonnée après un accident nucléaire
ravagée par des ondes invisibles qui trafiquent la matière
ravagée par un séisme ravagée par toi

BRÈVE TRÊVE

je retrouve mon cri avec ma rage,
ma peau, mes nerfs, le bout de mes doigts,
mes épaules
— j'avais oublié —

je ne mourrai pas avant de me venger
et de venger
le peuple de celles et ceux qui ne
s'appartiennent pas

je règne sur les faibles,
mon corps vide pour trône
— autant m'asseoir dedans —

je défends les faibles contre les forts
les vaincu·es contre les vainqueurs

VAINQUEUR EST UN MOT QUI N'A
PAS DE FEMME

face à moi ceux qui
avec des armes partent en guerre

contre moi,
habiter l'espace que je n'habite plus,
place vacante colmatée
au-dedans

quand je jette la pierre je pense à d'autres
quand je jette la pierre je pense à d'autres

je hurle le nom des disparu·es

les uniformes,
éclaboussés de sang

je n'ai pas peur d'avoir mal.

ici
je disparais
tu ne me trouves pas

il faudrait que je porte une cagoule tout le temps.

FANTASME :
on était dans une émeute
je pouvais te frapper
sans que tu saches que c'est moi.

RÉALITÉ :
on est dans une émeute :
une grenade explose sous mes pieds
toutes les balles de LBD convergent vers moi
je reste là

vomir à genoux

une ombre et un fantôme
face à face.

je prie pour que tu ne me reconnaisses pas.
je cherche un lieu pour me cacher.

une forêt de toi a poussé et il n'y a pas de
clairière

je marche en rond dans une allée sans fin
autour de moi
mon bataillon

veille à ce que tu n'approches pas
mais tu es déjà là
mon sang tourne en rond dans mon corps
sans fin

TRANSFUSEZ-MOI.

j'ai un désir fou de brûler la forêt :
l'Amazonie brûle et tu restes,
je me cache et tu te promènes.

– mon ventre
– mes organes
– mes ongles
– mes larmes
– mon cerveau

tu te promènes sur l'inventaire de mon corps.

il n'y a pas de justice dans ce qui brûle
tu tiens le couteau
tu me pousses dans le vide
tu m'étrangles
tu es partout
et le reste du monde dira :
une violée de plus

— une de plus
qui haïra les hommes —

nous prions pour la victime
et la famille de la victime.

et la forêt ne brûlera pas.

tant que tu vis
ma famille se prépare à la guerre
il n'y a pas de repos pour celles et ceux qui
se battent
pourtant
nous méritons de dormir en paix
sans fusil pour nous veiller
nous méritons de veiller sur nous-mêmes

mais

nous sommes toutes tes victimes
tu nous traques
comme des sangliers.

je suis simplement là
les ordres me traversent comme des flèches
même quand je m'enferme dans la solitude
comme dans une armure ou un nid

je plante ces flèches en moi
de l'intérieur vers l'extérieur

je suis
un carquois
elles sont
faites de mon bois

je suis
un porc-épic
ma peau
est une zone de turbulences

je n'ai pas mille visages
mais un seul
défiguré par la guerre au-dedans

moi-même
je ne me connais pas.

je rêve de vivre sans seconde peau
— cette peau en taille 36 sans élasthanne
autour de ma peau —
je rêve d'être écorchée
étirée à l'infini
écartelée
répandue sur le sol

je courbe le dos

j'imagine rouler en voiture dans une forêt
de pins
avec l'impression de créer quelque chose
rien qu'en vivant
comme l'ivresse
comme la drogue
comme le désir

nous vivons un moment important
nous nous promettons de nous souvenir à
jamais

et finalement j'oublie
et finalement
c'était peu.

le temps passe
et les miracles ne se produiront plus

je compte les choses que je sais faire et la liste s'arrête vite
j'encourage les autres à croire
je ne crois plus

je suis vide
je l'ai dit à la page 1
je suis vide et sans intérêt
je n'ai rien à raconter j'ai peu de rêves
je n'ai pas d'idées
je ne sais pas *ce qu'il faut faire*

j'écoute

j'observe celles et ceux qui ont
des rêves des idées et de quoi raconter
je mets mes pieds dans les traces de leurs chaussures et mes pieds sont toujours trop petits

comme moi.

je suis surprise quand tu t'intéresses à moi
toi, la si brillante

vous, les étoiles

JE NE SAIS PAS
COMMENT ÊTRE
EN COLÈRE

tout est tordu
mon existence est moyenne
comment dire

tout est lointain.

les champs sont brûlés au glyphosate.

il pleut la neige d'avril.

la mer est noire.

les hommes tuent les femmes,
les femmes meurent.

un garçon s'endort ivre dans une benne à ordures,
se réveille dans l'incinérateur,
broyé.

ma mère aux yeux vides
fixe la piscine de son hôpital psychiatrique
de dos, on dirait un tableau de pop art.

ma sœur sous le velux ressemble à une coquille
elle se lève en retard
n'a pas dormi
les yeux cernés et le teint pâle
elle murmure

tant qu'il reste quelque chose à détruire

mon oisillon
s'envole

mon cœur se dévore

mon père disparaît.

je construis un mur autour de mon lit
les images dansent
elles n'ont pas de consistance
on dirait
de la fumée dans la lumière
d'un vidéoprojecteur

je construis un mur autour de mon lit
les bruits sont une muraille
quand je les choisis
le cri de l'ouragan me réconforte
le chant des objets me terrifie

je construis un mur autour de mon lit
je couche avec mes fantômes numériques
je suis muette
j'ai 24 ans
c'est samedi soir et je suis seule à habiter le monde

je construis un mur autour de mon lit
le monde rétrécit
il a maintenant la taille de ma chambre
mon corps grandit

il a maintenant la taille du monde
ma pensée en océan des douves profondes
mon corps noyé mange des algues

que reste-t-il ?

je construis un mur autour de mon lit
personne ne sait que je cesse d'exister
je me transforme
en monstre géant dans le secret de ma chambre
je déborde dans l'anesthésie
je regarde des séries jusqu'à oublier que j'existe
je swipe jusqu'à oublier que j'existe
je me branle jusqu'à oublier que j'existe
je reste
inerte jusqu'à oublier que j'existe

je construis un mur autour de mon lit
autour de mon squelette
c'est samedi soir
l'errance dans mon ventre devient la fin du monde.

j'ai survécu
une petite bombe dans le cœur
prête à exploser

ce matin j'ai regardé des photos de toi
sur internet
des photos de toi aujourd'hui
pour voir si tu regrettes

je t'ai vu porter mon pull
prendre la mer
entouré d'enfants
ton éternel presque sourire et ton regard sur
la droite

tu ne regardes jamais l'objectif

tu ne regrettes pas.

tu vis toujours aux mêmes endroits,
tu fais toujours les mêmes choses,
les gens autour de toi pensent toujours que
tu es exceptionnel,

MA MÈRE PENSE TOUJOURS QUE
TU ES EXCEPTIONNEL.

quand je te vois en photo je vois derrière toi l'ombre de ce que j'aurais dû être je vois les endroits où nous aurions dû vivre les choses que nous aurions dû faire la vie que nous aurions dû mener les enfants que nous aurions dû élever la famille que nous aurions dû fonder coulée de cadavres dans le sous-sol et je me dis QUELLE MERDE

et la coïncidence de moi en moi
et le hasard de la fuite
m'anéantissent.

MON DÉSIR SOUS UNE DALLE EN BÉTON ARMÉ

moi	toi
viol	acte d'amour
peur	trahison
détruite	amertume
coupable	je suis triste
tu es partout	hasard
impuni	je souffre
j'ai oublié	je me souviens

Je suis dans la rue et je me regarde marcher. Je regarde mes jambes avancer. Quand j'arrive on parle beaucoup sans se regarder. Le tapis fait presque la taille de la pièce. Il fume pour s'occuper la tête, je fume pour m'occuper les mains. Mon sang bat vite en moi. La cocaïne bat vite dedans. Je m'allonge contre le radiateur. J'ai très chaud puis très froid. J'imagine que je suis sur une plage au Brésil. Je m'appartiens. Je suis étonnée d'en avoir une preuve. Je le lui dis. Je lui dis : j'ai peur des hommes. J'ai peur du désir des hommes, je m'échappe toujours pour ne pas être leur objet. Je ne veux même pas qu'ils me regardent, dans leur regard il y a leur désir. Je l'embrasse. Nos bouches ne se trouvent pas bien, comme si elles étaient disjointes, ma bouche trop petite et la sienne trop grande. Ses mains sont immenses. Elles m'habillent. Je lui dis : caresse-moi et embrasse-moi. Je regarde ma bouche parler et j'entends ma voix sortir. Une sensation de puissance inconnue. Il me caresse par-dessus mes vêtements. J'ai du plaisir sans que mon désir me rende inconsciente. J'ai plus de plaisir que de désir. J'observe son corps. Il est normativement beau. Il sent bon sans avoir d'odeur particulière. La sueur coule sur son visage, il est très expressif : gémit, râle, tremble. Il regarde beaucoup : mon corps, mon visage, ma bouche. J'observe ce qui me plaît comme je fais une enquête. Je l'impressionne. J'ai la sensation d'en savoir plus que lui — sur quoi ? La sensation d'être hors du commun : je sais ce que je veux. Je me répare avec lui et son désir. J'estime que son genre doit bien ça au mien. D'autres diraient : de bonne guerre. Je suis une espèce de reine. Je vois mon reflet allongé dans le velux. Je me sers de lui comme d'une clef pour m'ouvrir. Il est prévisible comme ils le sont dans leur désir. Il me demande s'il peut. Ça m'excite. Il me dit qu'on peut arrêter quand je veux : ça me fait du bien qu'un mec me dise ça, en vrai. Chacun de ses mots, chacun de ses gestes, suture un endroit de moi dévasté. Je suis ma propre chirurgienne. Je me sens capable.

En pleine possession de moi à travers lui. Je me donne à moi-même alors qu'il me regarde. Pour une fois depuis longtemps, je n'ai pas peur. Je flotte. C'est une trêve pour me sauver et reprendre l'empire de mon corps. C'est ma revanche sur les hommes : les enrôler en première ligne pour la quête qui me rend à jamais inaccessible.

de nouveaux rêves te concernent

des procès
des assemblées d'hommes
où je ne sais plus qui j'accuse :
ils sont tous coupables
et ma voix ne suffit jamais.

ma chienne décapitée dans un jardin
ressuscite quand je m'approche d'elle

des routes entre des entrepôts
sous la pluie

des draps trempés dans le sang
sont suspendus

une maison au milieu des cyprès avec une
cheminée et un lit double

je désigne
mon père
mon cousin

mon frère
à chaque fois c'est tellement douloureux
à chaque fois j'y crois
et je me rends compte que je me suis trompée

quand tu arrives à la fin
je vois ton visage
et je sais que c'est toi.

mais c’est trop tard
plus personne ne m’entend

dans la brume
en haut de la colline
je pense aux mots que j'ai écrits
et à celui qui manque

ADIEU

son ombre n'est plus aussi menaçante
réside seulement en elle
le souvenir de
ma douleur, un membre amputé.

je donne ma colère aux autres
pour moi plus que de la pitié

la brume, mon sarcophage.

je parle en écrivant
pour tuer le silence

le silence
est l'arme des puissants
les puissants sont des hommes
les puissants sont des blancs
les puissants tuent les faibles

je suis faible :
les puissants me tuent avec leur arme
et les puissants tuent mes sœurs
avec leur silence comme une bombe A.

je suis forte :
ils me tuent pour que je ne le sois plus.

je parle en écrivant pour ne pas être tuée
par leurs lames de rasoir fourrées dans mon
crâne
le silence et la peur
sont deux lames efficaces
pour qu'on se tue toutes seules
— plus besoin de main-d'œuvre —

parler c'est lutter
lutter c'est vivre
parler c'est vivre

je parle en écrivant
pour vivre en paix avec les mien·nes
avec celles et ceux que j'ai choisi·es et qui m'ont choisie
là où nous aurons choisi d'être

notre vie ensemble est une clinique sans instruments
et sans docteurs
notre vie ensemble est un tapis bleu
avec de longs poils
et la gorge et les poings serrés
et la parole haute
et le rire bruyant
et la haine épaisse
et la rage puissante
et l'amour touffu

je parle en écrivant
pour détruire ceux qui nous détruisent

et qu'ils nous craignent.

pour mes adelphes qui ne sont pas encore
né·es
pour mes adelphes qui naissent juste
pour mes adelphes qui vivent
pour celles et ceux qui moururent
et pour moi

je parle en écrivant parce que nous existons
avec moi tu chantes dans la langue secrète
regarde le ciel, les oiseaux, la mer
avec moi Emily Dickinson
avec moi la prière
les flèches dans notre peau et les portes qui
brûlent
nous avons trop de mortes dans nos rangs
nous avons trop d'ennemis MORT À NOS
ENNEMIS
avec moi tes créoles et tes chaînes dorées et
les talons aiguilles

crever
leurs yeux
ensemble dansent
nos peurs, l'allégresse et nos amours
nos paysages sont infinis
hurler
avec moi le souvenir
tu me dis que tu m'aimes dans la mêlée humaine
avec moi mon poing se serre autour de mes clefs mon pied dans ta bouche dans tes genoux
dans ton ventre mon coude dans tes côtes
avec moi la mémoire
et notre douleur

cette douleur n'est pas la mienne.
c'est la nôtre.

je parle en écrivant.

J'AI TROUVÉ UN AMOUR INALTÉRABLE

j'ai écrit dans le dégoût de moi-même et dans l'amour de toi

— ici toi est une autre,
toi est une étoile —

quelque chose commence :
la tendresse une lave en fusion dévore les pierres les arbres et les chapelles
court les flancs des montagnes et crée des îles dans la mer sur lesquelles nous habitons
avec des mousses
des coraux
et des coquillages.

le monde tremble

j'ai la certitude qu'en cas d'avalanche tu viendras me chercher.

– vivre l'hétérosexualité me fait me sentir faible et fragile
– je suis pourtant forte et puissante
– parfois faible et fragile
– leurs lèvres me brûlent
– leurs yeux m'hydratent
– je ne suis pas toujours une femme
– je dis « je suis autrice » pour déclarer la guerre
– guerre est un mot que j'emploie beaucoup
– je suis amoureuse d'une femme
– seule devant mon dieu
– la cocaïne
– l'ecstasy
– la fête
– je faisais ça beaucoup maintenant
beaucoup moins
– je vieillis
– ils pensent que j'ai 20 ans seulement
– quand j'en avais 20 ils me donnaient 30
– je les domine
et avec leur argent je construis une maison
pour mon amour
– je crois en l'offensive

– je sais me défendre
– je crois en la violence
– j'aime rester seule
– j'ai peur qu'on m'oublie
– ma mère est malade
– j'aime le sexe
– je fume
– il faudrait vraiment que j'aille voir un psy

toutes mes contradictions
déclarent leur indépendance.

j'enlève des poignées de billes en plomb de
mes poches

elles étaient cousues en moi

elles roulent derrière
se glissent dans des frondes
et des fusils
et des doigts

je suis mille fois légère
mille fois sans peur
je ne crains

ni le coup ni le regard
mon corps est un arc
dont je suis seule à pouvoir me servir.

L'ESPOIR EST UNE BOMBE
PLUS PUISSANTE QUE L'IMPACT

chaque nouveau soleil
j'enduis de baume
le tas de graviers qui me sert de corps
piégé de mica et des roches coupantes

je marche sur mes pas pour
retrouver mon chemin
je grave dans les arbres
des croix
je noue des rubans dans les branches

bientôt
ma surface sera
tissée de signes et de fils,
ma langue étrange pour me souvenir
que les crevasses
ne m'ont pas mangée.

j'exige un avenir certain
j'exige le soleil, les pieds nus
j'exige ma chienne qui dort sur le lit
la pluie sur le toit
et la pensée que demain existe
j'exige tout ce qui est en construction
j'exige tout ce qui n'est pas l'urgence et la survie.

mon corps nu dans l'eau
n'a plus de poids

que des idées

je cueille la bruyère en fleurs et la menthe aquatique pour en faire un bouquet
l'automne c'est chaque année la saison du viol

allongée dans le champ le soleil plonge
le ciel immense vibre
longtemps je reste
au creux du champ au creux des chiennes
grelotte de larmes et de rire

comme la saison est claire

les fleurs éparpillées
sont une couronne
mon corps est ma tombe

j'ai 14 ans et aucun de mes vœux n'est trahi.

COUPE LE NŒUD S'IL NE SE DÉNOUE

je brûle
les restes de toi
près du cimetière à chats

les photos se déforment si seulement
tout s'effaçait aussi vite
que l'encre dans le feu

à genoux avec
le ciel
l'herbe noire
les voitures qui passent sur la route plus bas
le murmure des jeunes feuilles
et la solitude

je veux vider ma vie de toi

comme tous les enterrements je l'avais redouté
finalement j'opère
ce qui doit être fait

je brûle mon visage à part
je ne veux pas même dans la cendre

que nous nous retrouvions
je me brûle sous l'arbre
pour que mes restes s'allongent auprès des chats de mon enfance
qu'ensemble nous grimpions
aux arbres jusqu'au ciel

tu ne mérites l'éternité auprès de personne.

je continue ma quête pour aller jusqu'au bout

j'ai déjà été si loin
je ne sais pas si je m'arrêterai

si tes cendres s'envolent
elles pourraient contaminer le coteau
je racle la terre et l'herbe
je les enferme dans une boîte
un petit cercueil

la boîte est
brûlante dans ma main

la pelle
dure sur mon épaule

je descends le chemin jusqu'au petit bois
là où enfant j'allais
construire des cabanes
gratter la terre
être une archéologue
jouer aux survivants

c'est bien le lieu de ma survie

des roseaux
des orties et des ronces
protègent le bois
elles sont
les gardiennes du sanctuaire
au cœur rien n'a changé

je creuse et dépose
la boîte et
une photo de toi décapitée
des pierres pour

que tu ne reviennes pas
je jette dans la tombe des fleurs de colza

j'ai bouché le trou à la terre
n'ai laissé aucun signe

si ta tombe est muette
je serai bruyante
je remonte la côte
porter aux yeux de tous
les bijoux de la honte

surtout ne te retourne pas
tant qu'il reste quelque chose à détruire.

Note de l'autrice

Ce livre recueille des fragments de poèmes écrits pour survivre et s'appartenir. Chaque poème a été le signe d'une étape de mon parcours vers la reconstruction ou la construction de cellui que je suis aujourd'hui. Si ce livre se termine, le chemin se poursuit. Il n'y a pas de dénouement final et définitif dans mon vécu de victime de violences sexuelles, si ce n'est la parution de ce livre (qui pourrait donc se poursuivre à l'infini).

En dehors de l'écriture, la lutte continue. Ceci n'est qu'une trace de ma guerre intérieure. Cette guerre est une guerre collective, que vous menez peut-être vous-même de votre côté. Si c'est le cas, je voudrais vous témoigner encore une fois mon soutien. Ce combat est si vaste et vertigineux que même à l'heure où j'écris, chaque mot semble vain face à l'infinité des choses qu'il y aurait à dire sur ce sujet et la multitude de coupables qu'il faudrait pointer du doigt. Je ne peux ici que faire la liste encore une fois des affirmations qui sauvent.

Il existe autant de manières de demander justice et réparation qu'il existe de victimes de viols et d'agressions. Votre façon de vous reconstruire et de survivre est légitime. Vous avez le droit d'être entendu·e. Vous avez le droit de ne pas vouloir parler. Vous avez le droit d'être accompagné·e. Vous n'êtes coupable de rien. Vous n'êtes pas seul·e. Vous n'avez pas à avoir honte. Il n'est jamais trop tard.

J'ai trouvé dans l'écriture une force infinie, même si cette quête a été, et est toujours, périlleuse et terrifiante. C'est en partie grâce aux témoignages d'autres victimes avant moi, et à la conviction profonde que l'intime est éminemment politique, que j'ai trouvé le courage de l'écrire. J'ai souvent pensé que jamais je ne m'en sortirais, finalement je suis toujours là. J'ai eu besoin de partager un peu de cette force avec d'autres, de transmettre cette étincelle vive, vivante, violente et tendre qui brûle maintenant en moi. Peut-être à votre tour transmettrez-vous le feu, et ensemble nous brûlerons nos ennemis.

Le titre de ce livre, *tant qu'il reste quelque chose à détruire*, est une phrase empruntée à ma sœur Clémentine, que j'ai sortie de son contexte et que je me suis appropriée pour parler de ma démarche d'écriture. Je tenais à la remercier d'avoir accepté que j'en fasse le titre de ce livre, et à rétablir la vérité : sans mes sœurs, je ne suis rien.

Merci à Tom Lévêque, la première personne à avoir lu la forme primitive de ce livre et à avoir cru à ce qu'il allait devenir.

Je tenais également à remercier Luz Volckmann pour ses nombreuses relectures et corrections ainsi que pour la phrase « MORT À NOS ENNEMIS », qui est d'elle. Je remercie mes éditeurices

Karima et Sol pour leur confiance, leur engagement, leur accompagnement et leur amitié qui sont des bénédictions.
Merci enfin à Jenny, avec qui je partage ma maison, mon travail, mon amour et ma vie, et qui m'a tenu la main dans les moments de doutes et d'allégresse ces dernières années.

Haine, rage, amour.

tant qu'il reste quelque chose à détruire
Mag Lévêque

Dépôt légal : troisième trimestre 2022
ISBN : 978-2-492642-06-7
ISSN : 2679-540X
Numéro d'impression : 082272637

Imprimé en France

Achevé d'imprimer en août 2022
sur les presses de l'imprimerie Présence Graphique

Cet ouvrage est imprimé sur du papier provenant de
la gestion durable des forêts.

blast
www.editionsblast.fr